JULIAN BARNES BEST COLLECTION

PANORAMA OF
MEMORIES

JULIAN BARNES BEST COLLECTION

PANORAMA OF
MEMORIES

줄리언 반스 베스트 컬렉션

기억의 파노라마

김중혁 · 송은혜 · 정이현 · 남궁인 · 김연덕 지음
다산책방 편집부 엮음

다산
책방

for Julian Barnes

우리는 살고, 우리는 죽고,
우리는 기억되고, 우리는 잊힌다.
즉시 잊히는 것이 아니라, 한 켜 한 켜씩 잊힌다.

_줄리언 반스

차례

줄리언 반스 베스트 컬렉션
출간에 부치며

EDITOR'S LETTER

다산책방은 2011년 맨부커상 수상작『예감은 틀리지 않는 다』를 시작으로 지금까지 꾸준히 줄리언 반스의 작품을 소개해 왔습니다. 대표 소설은 물론이고 작가의 삶이 깃든 회고록과 에세이까지, 10년간 꼭 열 권의 책을 선보였습니다. 줄리언 반스의 작품이 잊히지 않고 '모던 클래식'으로 자리잡게 한 굳건한 지지자는 독자였습니다. 그간의 여정에 동행해 준 독자와 함께 기억에 새기고 싶은 줄리언 반스의 명작 다섯 권을 다시 읽고자 합니다.

베스트 컬렉션의 테마는 '기억'입니다. 줄리언 반스의 작품에서 기억은 중요한 장치이자 소재입니다. 왜곡되는 기억을 날카로운 필치로 다룬『예감은 틀리지 않는다』, 역사 속에서 아이러니하게 기억된 자를 그린『시대의 소음』, 남기고 싶은 단 하나의 기억을 떠올려보게 하는『연애의 기억』, 떠난 이를 기억하는 방법을 쓴『사랑은 그렇게 끝나지 않는다』, 기억과 기록을 총동원해 죽음을 사유하는『웃으면서 죽음을 이야기하는 방법』. 어느 하나 놓칠 수 없이 흥미로운, 기억에 관한 이야기들입니다. 하나의 주제 아래 책들을 나열하고 보니 마치 우리가 인생에서 경험할 수 있는 모든 기억이 파노라마처럼 펼쳐지는 듯했습니다.

책 표지에는 기억을 상징하는 그림을 각각 얹고, 다섯 권의 책을 이으면 하나의 큰 그림이 되도록 만들었습니다. 개별일 때는 파편적인 기억이, 한데 모여 비로소 '파노라마'가 되도록 표현했습니다. 기억의 불확실성을 보여주는 표지 그림으로는 독일의 초현실주의 작가 크빈트 부흐홀츠의 작품을 채택했습니다. "기억이란 실제 사건을 복원하는 작업이지만 그만큼 상상력도 관여한다"는 줄리언 반스의 말을 이미지화하면 바로 이런 그림이지 않을까요?

끝으로, 기억의 마지막 조각이 될 책, 『기억의 파노라마』를 줄리언 반스와 독자 여러분께 바칩니다. 이 책은 줄리언 반스와 '기억'에 관한 다양한 형태의 기록물입니다. 줄리언 반스의 인생, 작품, 철학, 그리고 저마다의 방식으로 줄리언 반스를 기억하는 국내 작가 5인의 특별한 에세이를 수록했습니다.

부디 기억의 얼굴을 한 다섯 이야기를 새로이 반겨주시기를 바라며.

2023년 10월
다산책방 편집부 드림

줄리언 반스 베스트 컬렉션

기억의 파노라마

영국문학의 살아 있는 전설 줄리언 반스의
일생일대의 테마 '기억'

왜곡된 기억, 상실의 기억, 최후의 기억,

살아남은 자의 기억, 첫사랑의 기억……

인생의 처음과 끝을 관통하는 다섯 가지 기억에 관한

이야기가 파노라마처럼 펼쳐진다.

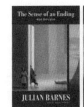

줄리언 반스 연보

TIMELINE

1946년	1월 19일 영국 중부 레스터에서 태어났다. 어린 시절 독서와 스포츠를 좋아했다. 프랑스어 교사였던 부모님의 영향으로 프랑스어에도 일찍이 큰 관심을 가졌다
1957~1964년	런던시립학교에서 공부했다.
1964~1968년	옥스퍼드대학에서 현대 언어를 공부했다.
1969~1972년	대학 졸업 후 3년 동안 옥스퍼드 영어 사전 증보판 편찬자로 일했다. 그는 1880년대 이후의 언어 가운데 'C'부터 'G'까지의 단어를 다루었다. 변호사가 되기로 결심하고 런던으로 가 변호사 시험을 준비했다. 변호사 자격증을 얻고도 개업하지는 않았다. 그 이유를 이렇게 밝혔다. "어떤 죄인을 변호하면서 할 말을 준비하는 데에서 얻는 즐거움보다 어느 지방 신문을 위해 네 편의 소설을 정리하는 일에서 더 많은 기쁨을 얻고 있다." 지역 신문인 《옥스퍼드 메일》과 《런던 위클리》에 소설 서평을 기고하기도 했다.
1977년	《뉴 스테이트먼츠》《뉴 리뷰》에서 평론가 겸 문학 편집자로 일했다.
1979년	영국을 대표한 문학 에이전트 팻 캐바나와 결혼했다. 팻 캐바나는 수많은 문인을 발굴하거나 후원하고, 카리스마 넘치는 협상 능력으로 작가들을 든든히 대변했다. 그녀는 친한 작가들을 집으로 초대해

파티를 열곤 했는데, 그때마다 반스가 요리를 도맡았다. 반스는 애처가였다.

1979~1986년	《뉴 스테이트먼츠》《옵서버》에서 TV 평론가로 활동했다.
1980년	장편소설 『메트로랜드』를 발표하며 등단했다. '온몸이 마비되는 공포'에 사로잡히는 소년이 등장하는 소설로, 런던 교외에서 보낸 자신의 성장기에 근거해 쓴 자전적인 작품이다.
1981년	『메트로랜드』로 서머싯몸상을 받았다.
1982년	장편소설 『나를 만나기 전 그녀는』을 출간했다.
1984년	장편소설 『플로베르의 앵무새』를 출간했다. 맨부커상 최종 후보에 올랐다.
1985년	제프리 페이버 기념상을 받았다.
1986년	『플로베르의 앵무새』로 프랑스 메디치상을 받았다. 영국 소설가로서는 유일한 수상 기록이다. 같은 해 미국 문예 아카데미 및 예술문자학회에서 수여하는 E. M. 포스터상을 받았다. 장편소설 『태양을 바라보며』를 출간했다.
1987년	독일 구텐베르크상을 받았다.

1988년	이탈리아 그린차네 카부르상을 받았다. 프랑스 정부로부터 슈발리에 문예 훈장을 받았다.
1989년	장편소설 『10 1/2장으로 쓴 세계 역사』를 출간했다.
1991년	장편소설 『내 말 좀 들어봐』를 출간했다.
1992년	장편소설 『고슴도치』를 출간했다. 『내 말 좀 들어봐』로 페미나상을 받았다.
1993년	독일 함부르크 퇴퍼 재단(FVS)에서 주는 셰익스피어상을 받았다.
1995년	프랑스 정부에서 오피시에 문예 훈장을 받았다.
1998년	장편소설 『잉글랜드, 잉글랜드』를 출간했다. 『플로베르의 앵무새』에 이어 맨부커상 최종 후보에 다시 한번 올랐다.
2000년	장편소설 『사랑, 그리고』를 출간했다.
2003년	에세이 『또 이따위 레시피라니』를 출간했다.
2004년	노년을 주제로 한 단편집 『레몬 테이블』을 출간했다. 프랑스 정부에서 코망되르 문예 훈장을 받았다. 오스트리아 국가 대상을 받았다.

2005년	장편소설 『용감한 친구들』을 출간했다. 맨부커상 최종 후보에 올랐다. 이로써 반스는 맨부커상 후보에만 세 번 오른 작가가 되었다.
2008년	가족 회고록이자 죽음에 관한 에세이 『웃으면서 죽음을 이야기하는 방법』을 출간했다. 10월 20일, 30년을 함께한 아내 팻 캐바나가 세상을 떠났다. 거리에서 쓰러진 후 병원으로 옮겨졌고 뇌종양 판정을 받은 지 37일 만에 사망했다. 당시 반스는 모든 인터뷰를 거절했다.
2011년	장편소설 『예감은 틀리지 않는다』를 발표하여 맨부커상을 받았다. 원문으로 150쪽밖에 되지 않아 분량이 짧다는 일각의 지적이 있었으나 반스 자신은 "많은 독자가 나에게 책을 다 읽자마자 다시 처음부터 읽었다고 말했다. 그렇게 볼 때 이 소설의 분량은 300쪽짜리라고 생각한다"고 응수했다. 같은 해 데이비드코헨문학상을 받았다. 격년으로 수여되는 이 상은 영국 또는 아일랜드 공화국 시민권자인 영어권 작가의 일생의 문학 업적을 기리는 상이다.
2013년	아내에 관해 쓴 유일무이한 회고록이자 그가 최초로 내면을 열어 보인 에세이 『사랑은 그렇게 끝나지 않는다』를 발표하여 선데이타임스 문학상 우수상을 받았다. 반스의 아내와 절친했던 영국 작가 블레이크 모리슨은 《가디언》에 쓴 서평에서 반스가 이 책을 쓰는 데 5년이 걸린 것은 "그가 말을 잃

었기 때문이 아니라 적합한 형식을 찾아야만 했기 때문"이라고 말했다.

2015년 에세이 『줄리언 반스의 아주 사적인 미술 산책』을 출간했다. 코펜하겐에서 열린 제1회 블릭센 시상식에서 징클러상을 받았다.

2016년 장편소설 『시대의 소음』을 출간했다. 미국 예술 및 문학 아카데미에서 명예 외국인 회원으로 임명되었다. 유럽 내레이터이자 수필가로서 뛰어난 공헌을 인정받아 지그프리드 렌츠상의 두 번째 수상자로 선정되었다.

2017년 1월 25일 프랑스 대통령이 주는 레지옹 도뇌르 훈장 오피시에 계급으로 임명되었다. 실비 베르만 런던 주재 프랑스 대사의 표창장에는 다음과 같은 내용이 적혀 있었다. "이 상을 통해 프랑스는 당신의 엄청난 재능과 해외에서 프랑스 문화의 위상을 높이는 데 기여한 공로, 그리고 프랑스에 대한 당신의 사랑을 인정하고자 합니다."
4월, 『예감은 틀리지 않는다』가 동명의 영화로 개봉했다.

2018년 스무 살 이상 차이 나는 연상의 여인과 위태롭게 사랑한 일을 되돌아보며 사랑과 기억의 상관관계를 탐구한 소설 『연애의 기억』을 출간했다.

2019년 에세이 『빨간 코트를 입은 남자』를 출간했다.

2021년	예루살렘상을 받았다. 『웃으면서 죽음을 이야기하는 방법』으로 야스나야 폴리아나상을 받았다.
2022년	장편소설 『엘리자베스 핀치』(국내 2024년 출간 예정)를 출간했다. EBS 시사교양 프로그램 「위대한 수업」에 출연해 '소설가의 글쓰기'라는 제목으로 강연했다.
2023년	현재 런던에서 거주하고 있다.

김중혁

송은혜

정이현

남궁인

김연덕

줄리언 반스와 '기억'에 관한 다섯 편의 에세이

ESSAY

김중혁

소설가. 『플로베르의 앵무새』를 읽고 나서
'이런 소설을 쓰고 싶다'는 생각을 했다.
아직 그런 소설을 못 쓰고 있다. 『예감은
틀리지 않는다』의 구조와 분량을 좋아한다.

JULIAN BARNES

검색어를 입력하세요

[+]

"나의 자료와 기억과 부스러기들이
특별한 순서 없이 떠오른다."

PANORAMA OF MEMORIES

'줄리언 반스'

특별한 순서 없이, 기억이 떠오른다. (……) 그리고 이 모든 것 너머에, 혼란이 있다. 거대한 혼란이.*

글을 쓰기 전에 검색부터 한다. 늘 반복되는 루틴이다. 포털에서 검색하는 게 아니라 나만의 데이터베이스를 검색한다. 소설가가 되고 난 후부터 지금까지 모든 글을 저장해 두었다. 20년이 넘었다. 오랫동안 정리하지 않은 창고처럼 거기에는 온갖 것들이 뒤섞여 있다. 소설, 에세이, 작가노트, 소설로 쓰려다 포기한 아이디어, 쓰다가 그만둔 원고,

---

* 소설 『예감은 틀리지 않는다』의 첫 문장과 마지막 문장.

일기, 영수증, 스캔한 책, 명함이 뒤죽박죽 쌓여 있다. 여러 가지 앱으로 정리를 하긴 했는데, 이제는 포기했다. 그냥 쌓아둔다. 검색 기능이 있어 다행이다. 연필에 관한 글을 써야 한다면 '연필'을 검색한다. 그동안 내가 썼던 글과 자료에서 '연필'에 관한 내용이 흘러나온다. '줄리언 반스'에 관한 글을 써야 할 때는 줄리언 반스를 검색한다. 줄리언 반스에 관한 나의 자료와 기억과 부스러기들이 특별한 순서 없이 떠오른다.

줄리언 반스를 언제 처음 알았을까? 1995년쯤이었던 것 같은데, 그때의 기록은 없다. 한국에서 초고속 인터넷 서비스는 1998년부터 시작됐고, 그때는 에버노트도 노션도 옵시디언도 없었다. 일기장 같은 데다 독서 기록을 적었을 텐데 그걸 찾기는 힘들다. 『플로베르의 앵무새』나 『10 1/2장으로 쓴 세계 역사』를 읽으면서 세상에 이런 작가도 있구나 싶었고, 그의 책을 한두 권씩 사 모았다. 다른 작품도 읽었지만 기억은 잘 나지 않는다. 그리고 한동안 줄리언 반스를 잊고 살았다. 세상에는 기억해야 할 작가가 너무 많고, 읽어야 할 책이 너무 많다.

줄리언 반스를 다시 만난 것은 팟캐스트 「이동진의 빨간 책방」을 통해서다. 나는 고정 게스트로 이동진 영화평론가와 책 이야기를 함께 나누는 역할이었는데, 새로운 책 읽기를 경험했다. 소설가의 책 읽기는 출판 칼럼니스트, 문학 평론가, 독서가의 책 읽기와 무척 다를 수밖에 없다. 작가들은 책을 창작자로서 다음 단계로 건너가기 위한 징검돌이나 더 높은 곳으로 올라가는 계단으로 사용한다. '도구로서의 책 읽기'인 셈이다. '도시'에 대한 소설을 쓰고 있다면 한동안 비슷한 책을 계속 읽는다. 이탈로 칼비노의 『보이지 않는 도시들』을 읽다가 『플로팅 시티』로 넘어갔다가 『도시의 과학자들』 『거대도시 서울 철도』로 이어진다. 하나의 주제를 아주 세밀하게 쪼개서 책을 읽는 시기가 지나고 나면, 자연스럽게 몇 개의 새로운 주제가 생겨난다. 『거대도시 서울 철도』는 도시를 구성하는 요소들을 확인하기 위해 읽기 시작했는데, 읽다 보니 '기차와 철도와 지도'라는 주제로 넘어가게 되었다. 다음으로 『탐험 지도의 역사』나 『지도와 거짓말』 같은 책을 읽기 시작한다. 소설가는 많은 사람들이 읽은 베스트셀러를 읽지 않았을 확률이 높고, 도서관에서 아무도 대출해 가지 않은 책의 첫 번째 대출자이기 쉽다.

지금 찾아보니 줄리언 반스의 소설 『예감은 틀리지 않는다』는 「이동진의 빨간책방」 27회와 28회로 나뉘어 방송됐다. 「이동진의 빨간책방」이 300회로 끝을 맺은 걸 생각해 보면 완전 초창기 방송이었다. 방송을 준비하면서 괴로웠던 기억이 난다. 책 소개 방송을 준비하는 것은 무척 시간이 많이 드는 작업이다. 우선 책을 끝까지 다 읽은 다음 관련 자료를 찾아야 한다. 책에 등장하는 역사적 내용, 생소한 인물의 정보, 거론된 책의 내용을 모두 찾아봐야 한다. 마음에 드는 대목이 있다면 어떤 식으로 감동을 전달할 것인가도 고민해야 한다. 비판할 지점이 있다면, 나만의 논리를 확실하게 세워두어야 한다.

방송을 위해 읽은 책과 참고 자료로 읽은 책은 펼쳐보기만 해도 확연히 차이가 난다. 참고 자료들은 읽은 흔적만 있고 깨끗하다. 소설 쓰기가 끝나면 필요 없어지는 경우도 많기 때문에 되팔지도 모른다는 가능성을 염두에 두어야 한다. 방송을 위해 읽은 책은 온갖 낙서들로 가득하다. 좋은 대목에 밑줄을 치고, 할 이야기가 떠오르는 것들을 적어두고, 중요한 대목에는 별표를 한다. 뇌 속에서 생겨난 수많은 생각을 책에다 쏟아낸다는 기분이다. 메모는 대략 세 가지 분류로 나뉜다. 반드시 기억해야 할 중요한 대목에는 별표, 추가로 공부해야 할 궁금한 문제들에는 물음표, 마지막으로 'ㅋㅋㅋ'. 'ㅋㅋㅋ'는 내가 가장 중요하게 생각하는 낙서인데, 책을 읽다가 웃기는 대목을 발견하면 밑줄을 긋고

'ㅋㅋㅋ'라고 적는다. 정말 크게 웃었다면 'ㅋㅋㅋㅋㅋㅋ'
처럼 여러 개의 'ㅋ'를 쓸 수도 있다.

　오래전에 읽은 책을 펼쳤을 때 난감했던 적이 있다. 'ㅋㅋ
ㅋ'라고 적혀 있는 부분을 자세히 읽었는데 전혀 'ㅋㅋㅋ'
스럽지 않은 문장이었다. 뭔가 놓친 게 있나 싶어 앞뒤 맥
락을 모두 읽었는데도 별로 웃긴 구석이 없었다. 기분이 좋
은 상태로 책을 읽었던 것인지 크게 웃기지도 않은 문장에
다 여러 개의 'ㅋ'를 적어두었다. 웃음은 맥락이기도 하지
만 타이밍이고 기분이고 기세다. 책을 읽던 당시에 그런 유
머를 사랑했을 수도 있다. 책을 읽기 전에 몹시 기분이 좋
았을 수도 있고, 사는 게 즐거웠는지도 모른다.

　줄리언 반스의 『예감은 틀리지 않는다』를 다시 꺼내서 읽
는데 'ㅋㅋㅋ'를 여러 개 발견했다. 작가 특유의 냉소적인
유머가 책 곳곳에 지뢰처럼 깔려 있어서 웃지 않고 지나가
기는 힘들었던 기억이 난다. 여러 군데에서 지뢰를 밟았고,
소규모의 폭발이 일어났고, 잔해처럼 'ㅋㅋㅋ'가 남아 있었
다. 맨 처음 발견한 'ㅋㅋㅋ'는 롭슨이라는 친구가 여자 친
구를 임신시켰고, 다락방에서 목을 맸고, 이틀 후에 발견됐
다는 사실을 들은 친구들의 이야기다.

"걔가 제 목을 매달 줄도 알았다니, 의왼데."

"과학반 6학년이잖아."

"그래도 목 매듭은 특별하게 매줘야 한다고."

"그건 영화에나 나오는 얘기지. 그리고 진짜 교수형에서나 그런 거지. 그냥 흔하게 볼 수 있는 매듭으로도 가능하다고. 질식하는 데 시간이 좀 더 걸릴 뿐이지."(예감은 틀리지 않는다. 28쪽)

짜증 나는 친구들이다. 누군가의 죽음 앞에서 이런 이야기를 할 수 있다는 게 이해가 되지 않지만, 'ㅋㅋㅋ'를 적은 걸 보면 나 역시 그들과 동조하고 있었던 모양이다. 아래에는 'ㅋㅋㅋ'가 하나 더 있었다. 두 번째 'ㅋㅋㅋ'다.

롭슨의 자살을 두고 오래도록 분석한 끝에, 우리는 그것이 산술적인 의미의 용어로 해석할 때만 철학적으로 여겨질 수 있다는 결론을 내렸다. 즉, 그는 자신으로 인해 조만간 인구가 하나 더 늘어나게 되리라는 사실을 깨닫고, 이 행성의 인구밀도를 고정시키는 것이 자신의 윤리적인 책무라고 판단한 것이다. (예감은 틀리지 않는다. 28~29쪽)

여자 친구를 임신시킨 사실을 알게 된 롭슨이 새로운 아이의 탄생 때문에 자신의 목숨을 희생했다는 '농담'이다. 농담이 될 수 있을까? 'ㅋㅋㅋ'를 적을 때 나는 어떤 기분 이었는지, 이 농담에 어느 정도나 웃었는지 잘 기억이 나지 않는다. 농담이라고 생각했던 건 분명하다. 'ㅋㅋㅋ'를 적 었으니까. 아니다. 자세히 보니 조금 다르다. 두 개 모두 'ㅋ ㅋ'라고 적혀 있다. 'ㅋ' 하나를 뺀 걸 보면 그때도 뭔가 미 심쩍긴 했던 모양이다. 내가 이 농담에 웃어도 되나, 'ㅋ'를 세 개나 적어도 되나 이런 생각을 했던 모양이다.

이야기의 줄거리를 기억하는 건 쉬운 일이 아니다. 내게 는 그렇다. 오래전에 보았던 영화를 무척 재미있게 다시 볼 수 있는 이유는, 기억나지 않기 때문이다. 다음에 어떤 이야 기가 펼쳐지는지, 주인공이 어떤 선택을 했는지 잘 기억나 지 않는다. 소설 역시 마찬가지인데, 심지어 내가 쓴 소설조 차 그렇다. 오래전에 내가 쓴 소설을 흥미진진하게 보는 독 자가 될 수도 있다. 십몇 년 전에 『1F/B1』이라는 소설을 쓴 적이 있는데 최근에 그 소설을 다시 볼 일이 있었다. 어찌 나 재미있던지, 내가 그 소설을 썼다는 게 믿기지 않았다.

나는 『예감은 틀리지 않는다』의 줄거리가 잘 생각나지 않 았다. 분명히 다 읽었고, 방송에서도 이러쿵저러쿵 이야기 를 했는데, 어떤 이야기인지 잘 기억이 나지 않았다. 읽다 보면 기억이 날 것이라는 믿음을 가지고 계속 페이지를 넘겼다. 첫 번째 별표를 발견했다. 무척 중요하다고 생각해서인지 별을 두 개나 표시해 두었다. 이런 문장이다.

"역사는 부정확한 기억과 불충분한 기록이 만나 빚어지는 확신입니다." (예감은 틀리지 않는다, 33쪽)

이 문장이 소설 속의 모든 이야기를 압축한 대목일지도 모른다는 예감이 들었고, 지금도 이 문장을 기억하는 걸 보면 예감은 틀리지 않았다. 예감이 틀리는 경우가 많은데, 이 책에서는 틀리지 않았다. 어쩌면 두 개의 별 중에 하나는 책을 읽으면서 그렸고, 나머지 하나는 책을 다 읽고 난 다음에 그렸는지도 모른다. '다 읽고 보니 이 문장이 가장 중요한 거였군' 이러면서. 소설에는 두 개의 반전이 나온다는 것도 기억해 냈다. 반전 하나는 기억이 나는데, 나머지 하나는 기억이 나질 않는다. 소설 속 반전을 소개해 놓은 블로그를 발견했는데, 블로그 주인은 글 말미에다 「이동진의 빨간책방」 팟캐스트를 통해서 많은 도움을 받았다고 적어놓았다. 나는 대체 어디를 헤매고 있는 것일까.

내 목소리가 나오는 방송을 다시 듣고 싶지는 않아서 『우리가 사랑한 소설들』을 꺼내 읽었다. 팟캐스트 방송 중에서 가장 인기 있던 소설 일곱 권을 정리해서 만든 책이다. 『예감은 틀리지 않는다』는 세 번째로 수록돼 있다. 내가 이런 말을 했다고 적혀 있다.

"이 소설에서 화자의 시점은 1부와 2부 사이에 있는 거죠. 끝까지 갔다가 다시 한번 앞으로 돌아와서 1부와 2부 사이까지 가야 하는, 한 바퀴 반을 돌게 되는 그런 소설인 것 같아요."

글을 읽다 보니 그런 생각을 했던 기억이 어렴풋하게 떠올랐다. 무릎을 치면서 '아, 그런 거였구나, 이런 형식이구나'라는 생각을 했던 기억이 나고, '역시 줄리언 반스는 형식을 중요하게 생각하는 작가구나'라는 생각을 했던 기억이 난다. 나는 이런 말도 했다.

"크게 두 개의 반전이 있죠. 그런데 소설을 읽다 보면 중반 이후에는 어느 정도 예측할 수 있고, 사실 그 반전을 알고 책을 읽어도 상관없다고 생각해요."

소설을 읽으면서 어느 정도 반전을 예측했던 모양이다. 기억은 나지 않지만 그랬던 모양이다. 뒤이어 이동진 평론가와 신나게 소설 이야기를 주고받았고, 그 대화가 책 속에 고스란히 담겨 있다. 반전에 대한 이야기, 반전을 주기 위해 내용을 절제한 작가의 구성 능력, 모호하게 묘사된 상황에 대한 각자의 해석, 소설 속 주인공의 '책임'에 대한 엇갈리는 의견에 관해 이야기를 나누었다. 마지막으로 나는 "부족한 기록과 맥락 속에, 말하자면 문헌 속에 인간은 어디에 있는가, 마음은 어디에 있는가를 이야기하고 싶었던 거죠"라고 마무리를 하고 있다.

이야기의 원본을 듣고 싶어 「이동진의 빨간책방」 27회를 켰다. 방송을 들으면서 새삼 다시 깨달았다. 얼마나 많은 말을 했는지, 얼마나 많은 쓸데없는 말을 했는지, 농담을 성공시키기 위해 얼마나 뜸을 들였는지, 하고 싶은 말을 정리하기 위해 '음……' 같은 소리로 얼마나 많은 시간을 낭비했는지, 말한 것들을 책으로 출간하기 위해 얼마나 많은 말을 쳐냈는지 기억해 냈다. 『우리가 사랑한 소설들』의 편집자는 이동진 씨와 내가 한 모든 말들을 문서로 정리해서 보내주었고, 필요 없어 보이는 말을 지우는 데 많은 시간을 보냈다. 대부분 자신의 목소리를 듣는 일이 불편할 것이다. 나도 그렇다. 평소에 꿈꾸는 이상적인 목소리와 이상적인 화법이 있을 텐데, 자신의 목소리를 듣는 순간 말 그대로 '현타(현실 자각 타임)'가 강하게 밀어닥친다. 자신의 말을 정리한 문서를 볼 때도 불편하다. 더 말을 잘하는 사람처럼 포장하고 싶지만, 원본이 남아 있는 한 쉽게 들통날 거짓말이다.

1. 줄리언 반스를 전에 알고 있던 나
2. 줄리언 반스의 『예감은 틀리지 않는다』를 읽기 시작한 나
3. 책을 읽으면서 밑줄을 긋는 나
4. 밑줄을 그은 문장에 동의하면서 무언가 생각하는 나
5. 생각을 통해서 변하는 나
6. 책을 다 읽은 나
7. 책을 다 읽고 방송에서 할 말을 정리하는 나
8. 방송 중에 말을 하는 나
9. 방송 중에 했던 말을 문서로 정리하는 나
10. 1번부터 9번까지의 나를 떠올리면서 줄리언 반스에 관한 에세이를 쓰는 나

　나는 1번부터 9번까지의 나를 제대로 기억하지 못했다. 자료를 보고야 알았다. 문서나 오디오 자료가 남아 있지 않은 1, 2, 4, 5, 6, 7번에 대해서는 제대로 기억한다고 할 수 없다. 3번을 통해 4번을 추측할 수 있고, 8번을 통해 5, 6, 7번을 추측할 수 있지만 정확한 것은 아니다. 매 순간 느끼는 감정을 빼곡하게 기록한다고 해도 정확한 나를 알 수 있

을까? 부정확한 기억이 불충분한 문서와 만나는 지점은 무한하게 많다. 나는 현재 10번이고, 1번부터 9번까지의 나를 이해하려고 노력하고 있다. 1번에서 10번까지의 과정은 인과관계로 묶인 것도 아니고, 일관된 맥락이 있는 것도 아니다. 10번이 되어 쓴 이 글 역시 뒤죽박죽 창고로 가서 데이터베이스를 더욱 복잡하게 만들겠지만, 나는 이토록 거대한 혼란을 계속 사랑할 것이다.

송은혜

음악가, 작가. 지은 책으로 『음악의 언어』,
『일요일의 음악실』 등이 있다. 줄리언 반스의
소설에서 소리 없는 음악을 듣는다.

JULIAN BARNES

시대의 소음, 그리고 삼화음

[+]

"시대의 소음을 덮고, 우리의 심장을 찌르는
음악을 누가 멈출 수 있을까."

"삼화음이로군요."

기억하는 사람이 기억한 것은 그것이었다. 전쟁, 공포, 가난, 발진티푸스, 더러움, 그러나 그 한복판에서, 그 위와 그 아래에서, 그 모든 것 속에서, 드미트리 드미트리예비치는 완벽한 삼화음을 들었다. 틀림없이 전쟁은 끝날 것이다─절대 끝나지 않는 것이 아니라면. 공포는 계속될 것이고, 부당한 죽음과 가난, 더러움─아마 그것들도 영원히 계속될 것이다, 누가 알겠는가. 그러나 그리 깨끗하지 않은 보드카 잔 세 개와 그 속의 내용물이 만나 빚어진 삼화음은 시대의 소음으로부터 맑게 울리는 소리였다. 그 소리는 모든 이들과 모든 것보다 오래 살아남을 것이다. 그리고 어쩌면 결국 중요한 것은 그뿐일지도 모른다. (시대의 소음, 273쪽)

소설의 마지막 장을 덮었다. 그리고, 잔에 채워진 찰랑거리는 보드카와 서로 다른 소리로 부딪친 유리잔 소리를 상상했다. 아무리 시끄러운 곳이라 해도 들리는 쨍그랑 소리. 그 소리에서 쇼스타코비치는 답을 얻었다.

음악으로 먹고사는 이들에게는 소리를 향한 촉수가 있다. 사람에 따라 민감할 수도, 덜 민감할 수도 있긴 하지만, 아무리 둔감한 사람일지라도 그 촉수는 음악에 노출된 나이에 비례해 조금씩 진화하는 것은 틀림없다. 내가 그랬으니까. 나는 누구처럼 절대음감을 타고나지 못했다. 그저 엄마가 시키는 대로 피아노 학원에 갔고, 말 잘 듣는 첫째 딸이 항상 그렇듯, 수업을 빼먹지 않았다. 연습은 피아노 학원에서 선생님이 내게 오시기 전까지 기다리며 쳐보는 것이 전부였다. 엄마는 내게 집에서 연습하라고 강요하지 않았다. 그냥 날마다 나를 피아노 학원에 보냈을 뿐이다. 지금 생각해 보니 상당히 진보적인 교육이다. 일단 음악이 들리는 곳에 나를 넣어놓으면 뭐라도 될 거로 엄마는 생각했던 걸까? 어쨌든 교육 방법은 나쁘지 않았다. 아니, 엄마의 예상을 빗나갈 정도로 과도하게 성공했다. 엄마는 내가 음악으로 생계를 잇는 사람이 되리라고는 미처 생각지 못했고, 원하지도 않았으니까.

문제는 나였다. 어울리지 않는 옷을 입은 것처럼 음악계로 쑥 들어와 버린 나는 끊임없이 질문해야 했다. 음악은 누구의 것인가? 질문을 조금 바꿔보자. 대체 우리는 왜 음악을 하는가? 먹고사는 일이 급한데, 한가하게 가락을 뜯을 여유가 있는가? 누구를 위해 음악을 하는가? 수많은 약자가 권리를 빼앗기고, 생명의 위협을 받으며 내몰리는데, 음악이 무슨 도움이 되는가? 세상이 이 모양으로 어그러지고 망가지는데, 나의 투명한 악기 소리는 불타는 로마를 바라보며 노래했다던 어떤 황제의 하프 소리와 다른 점이 있는가? 음악이 세상에 존재하는 이유는 뭘까?

우리 시대에 전쟁은 없는 줄만 알았다. 전 세계를 하나로 만들어 공포에 떨게 했던 코로나가 끝나갈 무렵, 이제 광명이 비치기만을 기다리던 때, 러시아-우크라이나 전쟁이 일어났다. 유럽 도시 곳곳에서 우크라이나 난민을 받았다. 내가 사는 곳도 마찬가지였다. 몇 달 전, 음악원 입학시험에 우크라이나 난민 어린이가 왔다. 평소에 듣던 것과는 다른 독특한 음색과 음악성을 가진 아이의 노래에 심사위원 모두가 빠져들었다. 우크라이나뿐만이 아니다. 조지아 난민 학생, 혹은 음악가도 마찬가지다. 탁월한 기교와 음악성, 그리고 생사를 넘은 자 특유의 슬픔에서 흘러나오는 감히 근

접할 수 없는 아름다움. 이처럼 시대의 아픔을 이야기하기에 어울리는 수많은 난민 음악가가 있는데, 줄리언 반스는 왜 강자였던 소비에트 연방의 영웅, 쇼스타코비치를 택했을까?

레닌은 음악이 기분을 처지게 한다는 것을 알았다.
스탈린은 자기가 음악을 이해하고 감사할 줄 안다고 여겼다.
흐루쇼프는 음악을 경멸했다.
이중 어느 것이 작곡가에게 최악일까? (시대의 소음, 175쪽)

『시대의 소음』을 읽으며 나는 어이없게도 쇼스타코비치의 작품이 아닌 에릭 사티의 「세 곡의 짐노페디Trois Gymnopédies」를 떠올렸다. '1: 층계참에서' '2: 비행기에서' '3: 차 안에서'로 구성된 소설의 세 장이 짐노페디의 '1: 느리고 고통스럽게' '2: 느리고 슬프게' '3: 느리고 무겁게'에 겹쳤다. 음악에 대단한 의미를 주기보다 집 안의 가구처럼 삶에 스며들기를 바랐던 사티의 극단적인 순수성은 대의명분 따위는 상관없이 자신과 가족, 동료가 하루하루를 무사히 마치기를 원했던 쇼스타코비치 생존기에 오히려 어울렸다. 결벽증처럼 가식을 걷어 낸 사티의 음악과 가식 따위는 끼어들

틈조차 없던 쇼스타코비치의 전쟁 같은 삶.

멀고도 먼 사티와 쇼스타코비치를 연결하게 만든 것은 줄리언 반스의 배율 높은 관찰력이다. 작가는 쇼스타코비치의 복잡한 두려움을 파고들었다. 언제 체포될지 모른다는 물리적 두려움에 밤마다 승강기 옆 층계참에 서서 잠들 수밖에 없던 쇼스타코비치를 '느리고 고통스럽게' 그렸고, 비행기를 타고 서방 세계를 다니며 원치 않는 선전도구 역할을 할 수밖에 없는 자신을 마주해야 하는 작곡가를 '느리고 슬프게' 묘사했으며, 공산당원으로 가입해 결국 영혼마저 버려야 한 주인공의 마지막 시기, '차 안에서'를 '느리고 무겁게' 풀어냈다. 최악의 시기와 가장 위험한 때를 분리해 낼 감각이 없다면, 사티의 느림은 세 가지로 표현할 수 없고, 쇼스타코비치의 두려움도 세 장으로 분리해 낼 수 없다. 여섯 번이나 스탈린상을 받았고, 세 번의 레닌상을 받은 그가 사실은 자신의 삶을 '고양이에게 꼬리를 잡혀 계단을 질질 끌려 내려가는 앵무새'와 같다고 생각했다는 것도.

1936년 1월 28일 아침 아르한겔스크 기차역, 바로 그곳에서 모든 것이 시작되었다

그는 자신의 마음에게 1936년 1월 28일 아침 아르한겔스크 기

차역, 바로 그곳에서 모든 것이 시작되었다고 말했다. 그의 마음이 대답했다. 아니, 그런 식으로, 어떤 날짜에 어떤 장소에서 시작되는 일은 아무것도 없다. 여러 장소에서, 여러 시간에, 당신이 태어나기도 전에, 다른 나라들에서, 다른 이들의 마음속에서 시작되는 것이다. (시대의 소음, 20쪽)

쇼스타코비치의 인생을 송두리째 흔들어버린 두려움은 그날 시작되었다. 대중으로부터 사랑받던 한 작품이 당 기관지에 의해 '음악이 아니라 혼돈'으로 추락한 날이었다. 『시대의 소음』은 이날을 기점으로 틀어지기 시작한 쇼스타코비치의 삶을 추적한다. "1936년 1월 28일 아침 아르한겔스크 기차역, 바로 그곳에서 모든 것이 시작되었다"라는 문장은 소설 내에서 몇 번 더 등장한다. 수많은 문장이 소설에 등장하지만, 형태를 바꾸지 않고 등장하는 문장은 분해할 수 없는 하나의 표어처럼 우리 기억에 남는다. 음악으로 말하면 작품이 엮이고, 풀리는 '유도동기', 혹은 라이트모티프와도 같다.

눈앞에 모든 내용이 펼쳐진 그림이나 사진과 달리, 음악은 손에 잡히는 대상이 없다. 그래서 기억해야 한다. 어떤 선율이나 리듬이 반복해 등장하면 듣는 이는 자기도 모르게 그를 기억하고, 다시 돌아오기를 기대한다. 쇼스타코비치의 삶도 자꾸만 그날로 회귀한다. 친구가 총살되고, 자신을 체포하려던 이가 어느 날 아침 체포당하고, 한 치 앞도 예측할 수 없는, 아니, 예측할 만한 의미도 없는 삶과 죽음의 모호한 경계에서 쇼스타코비치는 반복적으로 그날,《프라우다》사설이 자신을 정죄한 1936년 1월 28일을 떠올렸다. 모든 문제의 시작은 그날이었다. 모든 삶의 행태를 지배한 두려움의 시작점. 아니, 사실은 "그런 식으로, 어떤 날짜에 어떤 장소에서 시작되는 일은 아무것도 없다". 왜냐하면, 쇼스타코비치의 두려움은 이미 그 이전에 시작되었고, 세상은 어떤 방식으로든 주인공뿐 아니라 우리 모두의 생존을 위협하는 일로 가득하기 때문이다. 작품이 하나의 모티프에서 시작되는 것처럼 보이지만, 모티프를 이루는 모든 음은 세상이 시작될 때부터 존재했던 것처럼.

예술은 누구의 것인가?

다음으로 반복된 문장은 "예술은 누구의 것인가?"이다. 레닌은 예술이 인민을 위한 것이라 말했다. 노동자들도 작곡가가 되도록 훈련받아야 하고, 모든 음악은 대중이 바로 이해하고 즐길 수 있어야 한다는 것이 소비에트연방이 원하는 예술론이었다. 그럴 수 있다. 음악을 모두가 함께 즐길 수 있다니 얼마나 좋은가? 채탄 막장에서 데려온 노동자가 교향곡을 작곡하게 만들겠다는 계획이 쉽게 실행되지는 못했겠지만 말이다. 문제는 음악가였다. 질문을 받은 음악가들은 레닌의 말을 따라 쉽게 복창하지 못했다. 인민의 마음을 덥히는 음악을 쓰고, 노동자로서 음악 생산량을 높이라는 기준을 충족시키지 못해 먼저 사라진 동료들, 어제와 오늘의 진리가 손바닥 뒤집듯 달라지는 시대, 그들이 원하는 대로 진실은 얼마든지 다르게 해석될 수 있음을 쇼스타코비치는 꿰뚫어 보았다. 그리고, 자기 음악을 그들이 원하는 대로 정의하도록 내주었다.

권력층이 말을 갖게 하라. 말이 음악을 더럽힐 수는 없으니까. 음악은 말로부터 도망간다. 그것이 음악의 목적이며, 음악의 장엄함이다.

그 표현은 또한 음악을 들을 줄 모르는 이들이 그의 교향곡에서 자기네가 듣고 싶은 것을 듣게 해주었다. 그들은 종결부의 끽끽거리는 아이러니를, 승리의 조롱을 알아차리지 못했다. 그들은 승리 그 자체만을, 소비에트 음악, 소비에트 음악학, 스탈린 체제의 태양 아래에서 살아가는 삶을 향한 충성스러운 지지만을

들었다. (시대의 소음, 91~92쪽)

쇼스타코비치가 아무리 많이 양보한다 해도, 모든 비판을 비껴갈 수는 없었다. 전쟁을 주제로 작곡한 교향곡 8번이 총회의 표적이 되었다. 영광스럽고 승리에 찬 전쟁을 묘사해야 하는 교향곡에 비판적이고 불건전한 개인주의에 물든 악질적인 표현이 가득했기 때문이다. 작곡가는 자아비판을 위해 연단에 올랐다. 그리고, 자신에게 주어진 원고를 무기력하게 따라 읽어 내렸다. 그리고 완전히 무너졌다. 집으로 돌아온 그는 제정신으로 버티기 위해 "바흐의 모범을 따라 서곡과 푸가를 작곡하기로 마음먹었다".

왜 바흐였을까? 언젠가 누군가 내게 이렇게 물었다. "아주 힘들 때, 어떤 음악을 들으라 추천하시겠습니까?" 나는 이렇게 답했다. "음악을 들을 분이 누구신지 모르기 때문에 적절한 음악을 추천해 드리기는 힘들 것 같습니다. 그런데 저라면 바흐를 듣겠습니다." 음악 하는 이에게 바흐는 그런 존재다. 바닥, 그리고 기준. 완전히 무너져 내린 나를 쓸어 담아 형태를 잡아주리라 믿고 맡기는 그릇과도 같은 음악. 쇼스타코비치가 바흐로 돌아간 것은 자기 음악이 시작된 곳으로 돌아가겠다는 말과 같다. 자기의 진심이 들어 있다면 인민에 '반하는' 음악일 수 없다는 말을 인민의 대표로서 해야 했을 때, 그는 원고에 쓰인 그 어떤 문장에도 동의할 수 없었다. 내가 담은 진심이 무엇인지 당신들이 아는가, 나의 진심이 작품에서 얼마나 전달되었는지는 아는가, 그 음악이 인민에게 진정으로 '반하는' 음악이었는지 당신들이 판단할 수 있는가, 더군다나 내가 어찌 인민의 대표란 말인가? 소리 내어 물을 수 없는 망가진 작곡가가 돌아가는 곳, 바흐.

생존을 위해 매 순간 필사의 선택을 해야 하는데 어떤 답이 옳고 그른지 알 수 없는, 아무리 맞추려 해도 맞출 수 없는 메트로놈에 맞춰 삶을 지속해야 했던 쇼스타코비치는 '위장僞裝'을 선택했다. 그에게 무엇보다 중요한 음악, 가족, 사랑을 아이러니가 지켜주기를 바랐다. 잘못된 귀가 듣지 못하도록, 음악이 비밀 언어의 역할을 해주기를 바란 것이다. 하지만 세상을 거울처럼 비추는 암호가 무엇을 감출 수 있겠는가? 자기 자신이 그대로 드러나는 가면을 그 어떤 지도자가 참을 수 있겠는가? 시대의 소음을 덮고, 우리의 심장을 찌르는 음악을 누가 멈출 수 있을까.

"자, 예술은 누구의 것이지?"

예술은 모두의 것이면서 누구의 것도 아니다. 예술은 모든 시대의 것이고 어느 시대의 것도 아니다. 예술은 그것을 창조하고 향유하는 이들의 것이다. 예술은 귀족과 후원자의 것이 아니듯, 이제는 인민과 당의 것도 아니다. 예술은 시대의 소음 위로 들려오는 역사의 속삭임이다. 예술은 예술 자체를 위해서 존재하는 것이 아니라, 인민을 위해 존재한다. 그러나 어느 인민이고, 누가 그들을 정의하는가? (……) 그는 모든 이들을 위해 작곡을 했고, 누구를 위해서도 작곡하지 않았다. (시대의 소음, 141~142쪽)

삶은 들판을 산책하는 것이 아니다

마지막 반복구는 "삶은 들판을 산책하는 것이 아니다"이다. 파스테르나크가 햄릿에 관해 쓴 시의 마지막 행이었다. 쇼스타코비치의 무겁고도 무거운 삶을 그저 '산책이 아니다'라는 문장으로 반스가 표현한 이유는 그 앞줄 때문이었다. "나 혼자뿐이다. 내 주위 사람들 모두 어리석음 속에 익사했다." 쇼스타코비치가 음악으로 세상을 이끄는 것 같은 기분에 고취되어 있을 때, 세상이 뒤집어졌고 친구들은 죽었다. 아무리 돌아보아도 삶을 유지하는 것은 죽음보다 두려웠다. 그렇다고 죽을 수도 없었다. 죽음마저 어떻게 이용될지 뻔히 보였기 때문이다. 살 수도, 죽을 수도 없는 상태로 소멸해 가는 '모렌도', 천천히 죽어가듯이. 그저 죽음이 그의 음악을 삶으로부터 해방하기를 바라며 쇼스타코비치는 천천히 죽어가기를 택했다.

하지만 반복되지 않는 한 구절이 있다. 한번 읽으면 절대 잊을 수 없는 문장, 비관적 쇼스타코비치가 꿈꿨던 이상적인 사랑.

이것이 우리가 사랑해야 하는 방식이다—두려움 없이, 장벽 없이, 내일 따위는 생각지도 않고. 그리고 나중에도 후회 없이.
(시대의 소음, 57쪽)

시대의 소음이 우리의 귀를 멀게 해도, 술 마시는 자, 듣는 자, 기억하는 자가 부딪히는 잔에서 울린 삼화음은 소음을 가르고 우리에게까지 들려온다. 정의가, 윤리가, 세상이, 모두 흔들려도 변하지 않는 삼화음, 우주를 움직이는 원리, 그 안에서 살아가는 우리가 서로를 지탱하는 음악, 사랑. 쇼스타코비치가 시끄러운 세상 속에서도 절대 놓지 않았던 영원한 속삭임이다.

정이현

소설가. 지은 책으로 『낭만적 사랑과 사회』
『달콤한 나의 도시』『오늘의 거짓말』
『상냥한 폭력의 시대』 등이 있다.
줄리언 반스의 특별한 에세이
『사랑은 그렇게 끝나지 않는다』를 읽으며
상실의 시간을 통과한 적이 있다.

다시 밑줄 긋기

"오래전 읽었던 책을 다시 펼치는 일은
그때의 자신과 맞닥뜨리는 일이다."

1.

오래전 읽었던 책을 다시 펼치는 일은 그때의 자신과 맞닥
뜨리는 일이다.

요즈음 자꾸 기억이 뒤섞이고, 서로 다른 기억들의 간격
이 엉킨다. 30년 전의 일과 20년 전의 일 사이에 시차가 거
의 느껴지지 않을 때도 있고, 불과 얼마 전인 것 같은 사건
이 실제로는 거의 10년 전의 일이라는 걸 깨닫고 놀라는 순
간도 적지 않다. 그런데 『사랑은 그렇게 끝나지 않는다』를
읽은 순간에 관해서는 그렇지 않다. 그럴 수가 없다.

이 책의 한국어 초판은 2014년 5월 출간되었다. 2014라
는 숫자를 입 밖에 내고 나는 반사적으로 한숨을 쉰다. 일
이 손에 잡히지 않고 잠을 잘 이루지 못하던 무렵이다. 그
해 4월 16일 이후 많은 사람이 그랬다는 걸 안다. 나를 둘러

싸고 있는 견고한 일상에는 별다른 변화가 없었음에도 내면의 어떤 한 부분이 갑자기 깨져버린 느낌이었다. 캄캄한 밤, 귀갓길을 맨 먼저 밝혀주던 현관의 알전구 같은 것이. 아직은 전구 한 알이지만 이내 집 안의 다른 불빛들도 하나씩 조용히 꺼지리라는 예감이 안개처럼 나를 에워싸는 중이었다. 논리적으로 설명하기 어려운 감정이었다.

그 무렵 나는 한 팟캐스트의 진행을 맡고 있었다. 대형서점에서 제작하는, 책을 소개하는 방송이었다. 일주일에 한 번 지하 2층의 스튜디오로 녹음을 하러 갔다. 높고 단단한 빌딩이었다. 위층에는 한국에서 가장 유명한 로펌의 사무실이 있었다. 로비 층에서 엘리베이터를 기다리는 사람들은 모두 상승 버튼을 눌렀다. 나는 하강 버튼을 눌렀다. 녹음실 문 옆에는 작은 복도라고 해야 할지 창고라고 해야 할지 모를 여유 공간이 있었다. 잠시라도 빛이 드는 자리가 아니었다. 거기엔 접이식 의자 여러 개가 겹겹이 포개진 채로 높이 쌓여 있었다. 언젠가 필요한 때가 올 수 있다는 이유로, 본래의 용도와 상관없는 자세로 거기 놓인 사물들. 녹음실 문을 여닫을 때 그쪽을 버릇처럼 쳐다보곤 했다.

그날 아침에도 그랬다. 신작 산문집을 출간한 소설가를 초대해 이야기를 나누기로 되어 있었다. 어쩌자고 나는 늦

잠을 잤다. 급히 잡아탄 택시의 뒷자리에서 서둘러 질문 목록을 정리했다. 차가 한강을 건넜을 즈음일까, 라디오에서 뉴스가 흘러나왔다. 제주도로 가는 배, 수학여행을 떠난 학생들, 전원 구조 같은 문장들이 귀에 박혔다. 아나운서의 목소리는 급박하지 않았다. 기사님과 나는 동시에, 다행이네, 라고 중얼거렸다. 아주 큰 일 날 뻔했네, 라고 기사님이 혼잣말처럼 한마디 덧붙였다. 그러게요, 라고 나는 조그맣게 대꾸했다. 우리는 그런 마음을 이심전심이라고 부른다.

택시 덕분에 간발의 차이로 지각을 면했다. 황급히 뛰어들어가다가 흘깃 복도를 보았다. 빛 없는 구석에 언제나처럼 의자들이 겹겹이 쌓여 있었다. 녹음은 무사히 끝났다. 다같이 점심을 먹으러 갔다. 점심 메뉴를 무엇으로 할까 분주하게 의논하며 거리를 걷는 동안 아무도 휴대전화를 확인하지 않았다. 식당에 들어가서 전화기를 켠 누군가가 외쳤다. "어, 구조된 게 아니라는데? 어떻게 된 거지?" 소리친 사람은 나였는지도 모른다. 며칠 동안 텔레비전 앞에서 떠날 줄을 모르고 뉴스특보를 보았다. 바다 밑으로 조금씩 가라앉고 있는 대형 선박의 형체를.

4월 16일 녹음한 분량의 업로드는 미뤄졌다. 대신 한 번 더 녹음실에 나가 내가 쓴 짧은 소설 한 편을 읽었다. "나는 아무도 없는 곳에 누워서만 울 수 있는 어른이 됐다"라는 문장이 들어 있는 소설이었다.* 이 작은 소설이 우리 모두에게 작은 위로가 될 수 있으면 좋겠다고, 감히 내가 말했던가. 그러지 못했을 것 같다. 그동안 나는 소설에 위로의 기능이 있다는 말을 진지하게 믿은 적이라곤 없는 사람이니까. 소설엔 힘이 없다. 그걸 알면서도 소설 말고 다른 방법을 알지 못해 속상했다. 그냥 다 속상했다. 녹음을 마치고 나오다가 문 앞에서 걷잡을 수 없이 눈물이 나왔다.

4월과 5월, 6월이 무력하게 지나갔다. 일상은 지속되어야 했고, 우리의 팟캐스트도 계속되었다. 초여름엔 개편을 했다. 하나의 주제 아래, 비슷하면서도 다른 두 권의 문학책을 소개하는 형식이었다. 첫 회의 주제는 '막 사랑을 시작하는 연인들에게 추천하고 싶은 책'으로 정해졌다. 줄리언 반스의 『사랑은 그렇게 끝나지 않는다』가 그중 한 권이었다. 막 사랑을 시작한 연인들에게, 사랑이 끝난 후의 이야기를 추천하고 싶었던 그때의 마음에 관해 아직도 종종 생각한다.

---

* 정이현, 『말하자면 좋은 사람』, 마음산책, 2014.

2.

『사랑은 그렇게 끝나지 않는다』는 줄리언 반스가 사별 후 쓴 책이다. 줄리언 반스의 배우자인 팻 캐바나는 영국의 유명한 출판 에이전트였고, 그들 부부는 연인이자 동료, 동지로 여겨질 만큼 절대적인 신뢰로 묶인 관계였다. 팻 캐바나는 길에서 쓰러진 뒤 뇌종양 진단을 받고 37일 만에 사망했다고 한다. 2008년의 일이다. 책이 완성된 2012년까지는 4년여의 세월이 있다. 그 사이 줄리언 반스는 어떻게 살았을까. 책을 읽으면 그가 다만 길 위에 망연히 서 있었음을 짐작할 수 있다.

만약 내가 4년 동안 아내의 부재를 견뎌내 왔다면, 그건 4년 동안 그녀의 실재를 품어왔기 때문이다. (사랑은 그렇게 끝나지 않는다, 149쪽)

이 책을 쓰기 시작할 때 그는 사랑하는 사람이 다시 오지 못한다는 것을 받아들이지 못하는 상태였던 것 같다. 그런데 다 쓰고 난 뒤에는 그녀가 영원히 돌아올 수 없다는 사실을 인정하게 된 것처럼 보이기도 한다. 하지만 인정했다는 것과 이해했다는 것은 전혀 다른 의미가 아닌가. 아내가 왜 돌아올 수 없는지, 아니 죽음과 삶을 갈라놓는 경계에 무엇이 있는지 이해하지 못한 채 작가는 비탄과 체념 사이의 중간 단계 어딘가를 흔들리며 서성인다. 작가의 표현대로 '과거적 현재형'이다. 이 책은 그 흔들림과 서성임이 만들어낸 비탄의 짙은 발자국이다. 책의 원제는 'Levels of life(삶의 층위들)'이다. 일견 큰 연결고리가 없어 보이는 세 가지 서로 다른 이야기를 결합한 구성이 난해하게 느껴질 수도 있다. 각 장의 제목은 '비상의 죄' '평지에서' '깊이의 상실'이다. 각각 하늘, 땅, 지하를 암시한다고 읽힐 만하다. 사랑의 이상과 현실, 그리고 심연을 의미하는 것일지도 모른다. 작가의 삶과 육성이 직접적으로 드러나는 것은 3부에 와서다.

우리는 30년을 함께 했다. (……) 그녀는 내 삶의 심장이었다. 내 심장의 생명이었다. (사랑은 그렇게 끝나지 않는다, 98쪽)

작가는 고백한다. 사별한 지 4년째 되도록 그녀를 삶의 심장이자 생명이라고 하는 그는 이중의 딜레마에 처해 있는 듯이 보인다. 이별의 참혹으로부터 헤어 나오고 싶다는 열망과 사랑하는 이를 영구히 기억하고 싶다는 열망. 대척

점에 있는 그 두 개의 욕망은 어떻게 서로를 해치지 않을 수 있을까. 답변은 질문의 형태로 존재하고 있다. 그는 묻고 또 묻는다. "나는 어떻게 살아가야 할까?"

대답은 이것이다. "아내가 살아 있다면 그러길 바랐을 모습대로 살아야만 한다."

그것이 잠정적인 답인지 아니면 영구한 확답인지 나는 모른다. 작가 역시 그러리라 짐작한다.

우리는 우리가 암에 맞서 싸우고 있다고 말할 수 있을지 모르지만, 어디까지나 암이 우리에게 맞서 싸우고 있는 것이다. 우리가 마침내 싸워 이겼다고 생각할지도 모르지만, 암은 다만 재정비를 하러 잠시 떠나 있을 뿐이다.(사랑은 그렇게 끝나지 않는다, 169~170쪽)

암이라는 단어 대신 상실을 넣어 읽어본다. '우리가 상실에 맞서 싸우고 있는 게 아니라 어디까지나 상실이 우리에게 맞서 싸우는 것'이라고 말이다. 아니나 다를까 뒤이어 그는 쓴다. "어쩌면, 비탄 또한 그중 하나일지 모른다"라고.

3.

오래전 읽었던 책을 다시 펼치는 일은 그때의 자신과 맞닥뜨리는 일이고, 그러므로 용기가 필요한 일이다. 그 용기는 과거의 나와 맞대면하는 자의 용기다. 오래전에 내가 빨간 펜으로 밑줄을 그었던 문장들은 지난날의 내가 어떤 사람이었는지 증언한다. 그때의 그 사람은, 내가 아닌 것은 당연히 아니지만 완벽하게 현재의 나라고 하기에도 어려운 존재다. 과거의 미래에 당도한 현재의 나는 얼마간의 생소함과 의아함, 또 이상한 슬픔을 품고서 10년 전에 내 손으로 그어놓은 빨간색 밑줄과 그 위에 적힌 문장들을 보게 된다.

그리고 어쩌면 당시에는 그저 무심히 흘려보냈던 문장들이 비로소 눈에 들어온다. 나 역시 다르지 않다.

우리는 우리가 그 아픔과 싸웠고, 목적의식을 가지고 있었고, 슬픔을 극복했고, 우리의 영혼에서 녹을 긁어냈다고 생각하지만, 그 모든 일이 일어난 때는 비탄이 다른 곳으로 떠났을 때, 자신의 관심사를 다른 데로 돌린 때이다. (170쪽)

이번에는 파란색 펜을 들고, 나는 '자신의 관심사를 다른 데로 돌린 때'라는 부분에 진하게 밑줄을 긋는다. 오랜 비밀을 풀 수 있는 첫 번째 열쇠를 발견한 기분이다. 2014년의 나는 줄리언 반스가 왜 이 책을 썼다고 생각했던가. 작가로서 취할 수 있는 가장 지극한 애도의 방식인 줄로만 믿었다. 그것도 틀리지는 않았을 것이다. 그는 애도했을 것이고, 또한 견디고 싶었을 것이다.

2023년의 나는, 줄리언 반스가 극도의 비탄에서 빠져나오기 위한 하나의 자구책으로 책상 앞에 앉았으리라 추측해 본다. 혼자임을 잠시나마 잊으려고, 끝없이 광활하게 펼쳐진 괴로움의 시간을 집필 행위를 통해 어떻게든 견뎌보려고 말이다. 항공촬영 사진가의 삶과 사별을 재구성하는 동안, 열정적인 열기구 비행가와 여배우의 이루어지지 못한 사랑에 관해 상상하는 동안, 그의 뇌는 '다른' 방식으로 작동했을 터였다. 그러는 동안 부디 그의 통증이 조금 누그러들었기를 구름과 바람이 그의 영혼을 아주 약간 다른 곳으로 움직여 놓았기를 바란다.

비탄을 관장하는 것은 인간의 영역이 아니지만, 그건 차라리 구름이나 바람의 영역이지만, "우리 쪽에서 먼저 구름을 불러들인 것이 아니며, 우리에겐 구름을 흩어지게 할 힘도 없"지만(사랑은 그렇게 끝나지 않는다, 170쪽) 어쨌든 다시 움직일 수 있다는 것. 그것만이 중요하다. 통탄에 빠진 어떤 인간도 영원히 한 자리에 멈춰 있지만은 않다는 그 하나의 진실이 우리 삶을 지속시키는 힘이라는 것을 이제 나는 안다.

작가가 남긴 마지막 질문은 이렇다. "그러나 우리는 어느 방향으로 이끌려 가고 있는가?" 이 책이 사별의 경험에 관한 자전적 에세이의 경계를 넘어, 사랑과 상실을 통해 깊이 모를 인생의 층위를 탐구하는 작품임을 새삼 실감한다. 역시 줄리언 반스다.

남궁인

응급의학과 전문의. 작가. 지은 책으로
『만약은 없다』『제법 안온한 날들』 등이 있다.
줄리언 반스의 『연애의 기억』을
비행기에서 읽다가 열 번 울었다.

JULIAN BARNES

결론은 정해져 있다

[+]

"나는 불과 열두 시간 전에
죽음을 보고 왔다."

죽음에 대한 기억을 더듬어보자. 이 행위는 내게는 조금 이상한 일이다. 나는 불과 열두 시간 전에 죽음을 보고 왔다. 거의 모든 사람이 죽음을 맞이하는 병원에서였다. 그 죽음에 있어 나는 일종의 당사자였다. 내게는 일면식도 없는 사람의 사망을 판정하고 시각을 지정하고 서류를 작성할 의무가 있었다. 나는 죽음의 현장직이자 행정가이기 때문이다. 건강했던 그는 집에서 잠시 화장실에 다녀오겠다고 하고 쓰러졌다. 아무리 화장실 문을 두드려도 나오지 않아 열쇠로 잠긴 문을 열었더니 심장이 멎어 있었다. 이후 그는 현대 의학으로 규정된 모든 치료에 전혀 반응하지 않았다. 그게 끝이었다. 우리는 그것을 '급사'라고 부른다.

의학의 수호자인 내가 그 환자를 살릴 방법이 있었다면

인간의 생은 무한할 것이다. 하지만 그 방법이 없기에 '급사'라는 단어는 아직도 실존한다. 그가 쓰러진 순간은 곧 최후의 순간이었다. 하지만 엄연히 존재하는 죽음을 가족은 받아들일 수 없었다. 이제 서류 작성자가 된 내게 가족들은 다른 방법이 없었냐고, 심장 수술을 받으면 살 수 있지 않았냐고, 혹시 다른 병원에서 처치하면 살릴 수 있지 않았냐고, 귀가 열려 있으니 목소리를 들려주면 일어나지 않겠냐고, 건강한 사람이 이렇게 죽을 수가 있냐고 물었다. 나는 다른 방법은 없고 이렇게 죽는 일은 흔하다고 답했다. 그들은 골똘히 반대의 경우를 떠올리며 뭐라도 항변하려 했다. 하지만 내 말에는 협상의 여지가 없다. 애초에 양보나 번복이 존재하지 않으므로 설득과 수용만이 남았을 뿐이다. '급사'는 실존하고 망자는 그 존재 증명을 하고 있었기 때문이다. 그들은 결국 순순히 시신을 모시고 장례식장으로 가야 했다. 이것이 내 업이다. 나는 따로 죽음을 회상하기에는 지나치게 전문가다.

여하튼 나는 죽음의 온실 속에서 성장했다. 내 주변에는 영원히 살 것 같은 사람만이 득시글했다. 활기를 내뿜는 친구들과 한창 사회적으로 활동하는 부모님과 내가 태어났을 때부터 이미 나이 든 상태였을 것 같은 조부모가 싱싱한 생을 즐기고 있었다. 주변의 어른들은 성장하는 내게 죽음에 관한 많은 것을 비밀에 부쳤다. 정확히는 굳이 가르치려 하지 않았다. 공부할 것이 많은데 굳이 죽음까지? 그러나 금지된 것은 항상 아름다웠다. 젊음은 늘 윤리적인 경계를 넘나들고 싶어 한다. 죽음, 무섭고 아름답고 아프고 아직은 이른 것. 유년기에는 세상을 떠난 사람들이 여러모로 회자되곤 했다. 몇 명의 연예인과 아이돌이 미지의 세상으로 영원히 떠났다. 책을 펼치면 이미 세상을 떠난 많은 자들이 죽음에 관한 이야기를 멀미가 날 정도로 많이 써두었다. 직접 볼 수도 만질 수도 없이 산재해 있는 이 수많은 죽음들. 그야말로 슬프고 멋지고 무서웠다. 그들은 죽음이라는 미지의 고통을 넘어가 버렸다. 요절한 생명은 그대로 박제되어 영원히 아름다운 표식으로 남았다. 그 경계를 넘으려면 어느 정도의 고통이 필요할지 도저히 짐작할 수 없었다. 죽음이란 왠지 호기심에 슬며시 고개를 넣어보고 싶은 것이었다.

그럼에도 죽음을 공부하고 싶었던 것은 아니었다. 행정가는 더더욱 되고 싶지 않았다. 만약 죽음을 다룬다면 예술의 영역이었으면 했다. 이 기막히고 유일한 존재를 불멸의 자리로 남겨두고 싶었다. 장차 죽음의 현장직이 된다는 사실이야말로 실감하기 어려웠다. 스물두 살, 카데바* 앞에 섰을 때도 그랬다. 해부학 실습 첫날 우리는 하얀 포가 덮인 서른 구 남짓의 시신 앞에서 히포크라테스 맹세를 했다. "이제 의업에 종사하는 일원으로서 인정받는 이 순간, 나의 생애를 인류 봉사에 바칠 것을 엄숙히 서약하노라." 추상적이고 조금 외떨어진 말이라고 생각했다. 그때까지는 그 자리에 서 있는 모든 사람의 생애가 정말로 모조리 인류 봉사에 바쳐져야 하는지 의구심이 들었다. 그럼에도 그 순간만큼은 그래야만 할 것 같았다. 우리에게 의학을 조금이라도 더 알려주기 위해 바쳐진 서른 구의 시신이 눈앞에 있었으니까.

우리는 지시에 따라 하얀 포를 걷어 시신을 마주했다. 내가 열두 시간 전에 본 것과 크게 다르지 않았다. 허벅지의 혈관이 뜯겨서 포르말린으로 대신 채워져 있다는 사실을 제외하면 말이다. 그들은 죽어서 우리가 아무리 칼을 대고 여기저기를 잘라도 움직이지 않았다. 그 자리에는 그들의 가족도 질환도 고통도 병명도 없었다. 이미 지휘 체계를

* 해부학 실습에 사용하는 시체.

잃은 커다란 유기물이 칼을 받기 위해 누워 있었을 뿐이다. 인체는 물리적이고 죽음은 실재했다. 그럼에도 인간에게는 죽음 이후에도 의지를 실현하는 방법이 있다는 사실을 알았다. 우리는 시신을 일 년간 남김없이 해부하면서, 등교할 때마다 그들의 이름을 새겨 넣은 위령탑 앞을 지나야 했다. 매년 봄 위령제에서 우리는 그 이름들을 모두 호명해야 했다. 그것은 그들이 불멸하는 방식이었다.

병원 실습에 들어가기 전 가운을 걸치며 두 번째로 선서를 했다. 생리학 수업에서 수많은 쥐와 고양이를 잡아낸 뒤였다. 우리에게는 한 칸의 학생 방이 주어졌다. 병원에 막 들어온 우리는 훗날 익숙해지다 못해 무료해질 이야기를 호들갑스럽게 교환해대곤 했다. "너는 죽은 사람 본 적 있어? 방금 환자가⋯⋯" 의과대학생들의 대화로는 지나치게 형이하학적이었다. 하지만 죽음의 온실에서 공부만 해온 학생의 언어는 한계가 있었다. 학생들이 활동하는 '평일 낮' 시간에만 가끔 목격되는 죽음들. 겉핥기에 불과했음에도 죽음은 의과대학의 경험 중 단연코 흥미로운 것이었다. 우리는 속으로는 끔찍해하면서 호기심 있거나 의연하게 보이려 노력했다. 여전히 죽음은 슬며시 고개를 넣어보고 싶은 대상이었던 것이다.

　나는 혈액종양내과 소속 학생이었다. 말 그대로 혈액과 종양을 다루는 내과였다. 명목상 다양한 질환을 치료하는 곳이었지만 실상 우아함과 거리가 멀었다. 백여 명이 입원해 있는 대학병원 혈액종양내과는 거대한 죽음의 드럼통 그 자체였기 때문이다. 온몸에 지방과 근육이라고는 한 톨도 남지 않아 단박에 암이나 말기 질환임을 알아챌 수 있는 환자들이 가물거리는 의식을 붙들고 임종을 기다리고 있었다. 내과의 가장 큰 업무는 회진을 도는 일이었다. 오전과 오후, 교수님은 하루에 두 번 입원환자들을 한 명씩 만났다. 백여 명과 한마디씩 이야기만 나누어도 한나절이었다. 우리는 거의 종일 죽음의 드럼통 안을 재빠른 동선으로 돌아다녔다. 매일 반복되는 비슷비슷한 동선을 교수님조차 혼란스러워했다. 병실로 향하다가 "아 맞다, 어제 돌아가셨지"라고 하면서 다른 환자에게로 발걸음을 옮기는 교수님. 위생과는 동떨어진 몰골로 커다란 차트를 든 채 꾸벅꾸벅 조는 레지던트. 그리고 아무것도 모르던 우리들.

　우리가 열흘째 마주하던 할머니가 의식이 사라졌다. 그

할머니는 죽어가는 사람 백 명 중 하나였다. 우리가 혈액종양내과에 들어온 후로 벌써 다섯 명이나 죽었다. 다만 우리가 보지 못하는 밤에 돌아가셨을 뿐이다. 할머니는 의식 없이 숨을 가쁘고 끊어질 듯 쉬는 임종 호흡을 시작했다. 교수님은 늘 곁을 지키던 할아버지를 따로 불렀다. 무표정한 얼굴과 잘 정돈된 가재도구로 보건대 족히 3년 정도는 간병을 직업으로 삼아온 할아버지 같았다. 진중한 위엄을 갖춘 교수님은 할아버지에게 "이제 곧 돌아가실 것 같으니 임종을 준비하라"고 말했다. 내게는 프로페셔널의 무대 같았다. 매일 죽음을 보는 교수님과 암 선고를 받은 아내를 오랫동안 노련하게 간병해 온 할아버지가 벌이는 행정 절차 같은 것 말이다. 할아버지는 의료인이 아니었지만 나보다는 훨씬 죽음에 가깝고 익숙해 보였다. 나는 그가 무덤덤하게 "네. 알겠습니다" 정도의 대답을 한 뒤 아내 곁으로 돌아와 조용히 장례를 준비할 것이라고 예상했다. 그런데 할아버지는 그 말을 듣자마자 주변을 아랑곳하지 않고 병실 난간에 뒤통수를 부딪친 채 쭈그려 앉아 울기 시작했다. 나는 그렇게 뜨거운 눈물을 처음 보았다. 그 찌푸린 눈에서 펑펑 흘러나오던 눈물을 아직도 기억한다. 아직 죽음을 목격한 적이 없었음에도 예견된 노년의 죽음은 슬프지 않을 것이라 지레짐작했던 것이다. 죽음에는 프로페셔널이 없었다. 모두가 경험해 보지 못했기 때문이다. 그 사람의 죽음은 한 번뿐이기 때문이다. 죽음에는 영원히 슬픔이 동반할 것이기 때문이다. 착잡해진 교수님은 우리를 끌고 다음 환자를 보러 갔다. 나는 몰래 울면서 회진을 따라 돌았다.

그 뒤 행정직 면허를 받았다. 나도 "임종을 준비하라"고 선언하고 사망 시각을 지정한 뒤 서류에 사인死因을 적을 수 있게 되었다. 이제 가혹한 수련이 기다리고 있었다. 일단 죽음의 개수가 너무 많았다. 응급실에서 환자 백 명을 만나면 한두 명은 꼭 죽었다. 대부분은 내 책임이 아니었다. 사람은 죽음을 피할 수가 없고 그 장소는 병원이기 때문이다. 나는 한 달에 사망진단서를 서른 개씩 써내면서 수면과 기타 욕망을 모조리 박탈당하고 진료와 선고에 몰두하다가 파김치가 되어 집으로 돌아와 깊은 잠을 잤다. 명절에 평소보다 두 배쯤 환자를 보고 더욱 깊은 잠을 자는데 불길한 전화가 왔다. 지금 큰집에 있는 할머니가 위독하니 상태를 확인해 달라는 것이었다. 나는 중세 의사처럼 왕진을 떠났다. 할머니에게서는 죽음의 냄새가 났다. 의식이 없고 호흡이 가빴다. 청진기가 없어 중세 의사처럼 할머니의 흉부에

귀를 직접 가져다 대고 청진을 했다. 발열을 동반한 폐렴이었다. 구급대를 불러서 내가 근무하는 병원으로 가자고 했다. 할머니가 진짜 돌아가실 수도 있겠다고 생각했다.

동료들은 내가 퇴근 열 시간 만에 다시 출근하자 의아해했다. 나는 환자 한 명과 함께 왔다고 했다. 주치의가 되어 할머니의 차트를 적고 검사와 투약을 지시했다. 나를 보듬어주시던 할머니였지만 처방은 다른 환자와 차이가 없었다. 할머니는 이미 몇 년간을 파킨슨으로 투병하셨고 거동이 어려웠다. 오늘 소천하신다고 해도 의학적으로 전혀 무리가 없었다. 할머니는 의식을 되찾지 못했고 대소변을 가리지 못했으며 가쁜 숨을 내쉬고 계셨다. 아마 다른 의사였다면 방법은 없고 이렇게 죽는 일은 흔하다고 답을 들었을 정도였다. 하지만 할머니는 죽음과는 거리가 있었다. 검사 결과는 의외로 나쁘지 않았고 수액과 치료에 반응했다. 할머니가 돌아가시는 것은 몇 년 뒤의 일이었다. 살아난 환자였으므로 병동으로 입원시키면서 내과 의사에게 인계했다. 일을 마치자, 집에 돌아가기에는 늦은 시간이었다.

다음 날 근무를 위해 당직실에서 잠을 청했다. 한 명의 환자였을 뿐이었지만 힘겨운 과정이었다. 수면 부족으로 사방이 빙글빙글 돌았다. 할머니는 다행히 돌아가실 것 같지 않았지만, 눈을 뜨면 다시 수많은 죽음이 기다렸다. 어제만 명절을 맞은 고령의 환자 다섯 명이 죽었고, 나는 그 진단서를 모두 썼다. 그중 한 할머니는 내 할머니보다도 나이가 젊었고 건강했지만 '급사'했다. 유족은 할머니의 건강을 강조하며 다른 처치와 다른 방법과 목소리를 운운했지만, 나는 다른 방법은 없고 이렇게 죽는 일은 흔하다고 했다. 한 치의 꾸밈없는 지긋지긋한 운명이었다. 나도 그것이 무슨 차이인지 알 수가 없었다. 인간의 행적은 두세 마디 말로 표현되지 않는다. 아무리 건강하거나 훌륭했더라도, 주변 사람이 그 사람과의 추억과 커다란 사랑을 털어놓아도, 죽음의 선고는 번복되지 않고 피할 수도 없다. 불시에 최후의 순간이 찾아오면 앞으로 그 사람은 존재하지 않는 것이다. 내 할머니의 최후의 순간은 그 때가 아니었을 뿐이다.

이미 나는 죽음을 지나치게 많이 발설했다. 내 앞에서 사람들은 몸부림치거나 반항하거나 마지막 말을 남기거나 그럴 수도 없이 죽었다. 가족들은 매번 비슷하거나 다른 질문을 했고, 나는 그때마다 아주 성실한 죽음의 대변자가 되어

답했다. 그리고 집에 돌아와 그 단면으로 입체를 상상해서 적었다. 사실대로 적을 수는 없었으니 그 글들은 죽음을 목격한 뒤 소리치고 싶은 자의 소설 같은 것이었다. 나는 "죽음에 관하여 쉽게 왈가왈부하는 것은 미친 짓이다. (⋯⋯) 우리는 앞으로도 아무것도 알지 못할 것이다. 아마 그 죽음이 자신에게 올 때까지도."*라고 마지막 문단을 적은 글로 문학상을 탔다. 죽음에 대한 이야기는 가장 완벽한 이야기였다. 망자는 더 이상 존재하지 않고 말하지도 않고 기억을 더듬지도 않는다. 죽음은 타인에 의해 우연한 순간과 슬픔의 단말마로 재구성된다. 그리고 어떤 인간은 불멸하며 다만 우리는 그에 대해 무지하다. 완벽하지 않은가. 이런 방식으로 종교를 따로 창조해 낼 수도 있을 지경이다.

단연코 죽음은 두려운 것이다. 그래서인지 나는 죽음에 대한 질문을 너무 많이 받았다. "죽음을 많이 목격한 분으로서 어떻게 살아야 할지 알려주실 수 있습니까?" 처음에는 그냥 해줄 말이 없다고 답했다. 내가 본 것만으로는 한계가 분명해 각자 고유한 죽음을 간직한 사람들에게 알려

* 남궁인, 「죽음에 관하여」, 『만약은 없다』, 문학동네, 2016.

줄 것이 없었다. 질문이 반복되자 나중에는 글로 썼다. "삶의 의미는 나도 아직 모른다. 하지만 죽음은 있다."** 충분한 설명이 아니었다. 애초에 설명하고 있지 않기 때문이다. 지금은 그냥 질문의 의도대로 하루하루 알차게 살아가라고 답한다. 틀린 말이 아니다. 알차게 살아서 나쁠 게 없지 않은가. 아마 나의 알찬 일과 중에는 죽음을 기록하는 일도 있을 것이다. 그런데 인간 세상에서는 죽음 이후에도 의지를 표명하는 방법이 있다. 그리고 반드시 당신을 둘러싼 누군가는 슬퍼할 것이고, 당신은 그 죽음이 언제 올지 모른다. 당신의 무덤을 마지막으로 찾아오는 사람은 누구일까. 당신의 이야기는 누가 마지막으로 읽을 것이며 그것은 언제일까. 정확히 알 수는 없지만 당신에겐 분명히 불멸하는 방법이 있다. 그것이 단 하나의 질문이다. 최종적으로 이야기할 가치가 있는 것은 단 하나뿐이다.*** 그것은 당신 스스로의 이야기다. 내 인생의 결론은 이미 정해져 있다.

　'죽음을 기록했던 자 여기 죽어 있다.'

** 남궁인, 「울지 않는 환자」, 『제법 안온한 날들』, 문학동네, 2020.
*** 줄리언 반스의 소설 『연애의 기억』에 나오는 문장을 변형함.

김연덕

시인. 지은 책으로 『재와 사랑의 미래』
『액체 상태의 사랑』이 있다.
2019년 2월, 런던에서 줄리언 반스를 만났다.

JULIAN BARNES

흰 손가락과 나전칠기

"그는 겨울과 참 잘 어울리는 사람이었다.
날카롭고 상쾌한 추위 같은 사람."

┌ + ┐
└ ┘

2019년 2월 11일. 밸런타인데이를 사흘 남겨둔 런던의 어
느 아침.

　내 가방 깊숙한 곳에는 바로 얼마 전 포토벨로 마켓에서
산 하트 귀걸이 한 쌍이 담겨 있었다. 쌀알 모양의 빨간색
비즈 여러 개를 덧붙여 만든, 조금 무겁고 조악한 귀걸이.
빈티지 귀걸이 중에서도 디자인은 경쾌하고 젊은 축에 속
했지만, 금속 몸체 뒤에 달린 클립형 고리가 그것이 견뎌온
세월을 보여주었다. 나에게 그것을 팔았던 상인은 "밸런타
인데이에 하고 다녀"라고 말했으나, 나는 한국으로 돌아가
그것을 건네줄 친구를 아주 구체적으로 그려보고 있었기
때문에 그럴 생각이 없었다. 그 귀걸이는 끝끝내 밸런타인
데이에, 런던 거리에서 내 귓불에 달리지는 못했지만, 구매

했을 때의 모습 그대로 나의 친구에게 무사히 전달되었지만, 아직도 마켓에서 울려 퍼지던 상인의 목소리만은, 하트 귀걸이와 밸런타인데이 사이의 전형적이고 진부한 거리를 이어보려 하던 그의 다정하면서도 무력한 목소리만은 내게 생생하게 남아 있다. 그로부터 벌써 4년 반이나 지났는데 말이다. 물건을 감싼, 동시에 물건으로부터 미끄러지는 특정 기억이란 그런 것이다. 핵심적이거나 극적인 이야기가 아니지만, 잊어버려도 상관없는 기척들이지만, 물건과 나만이 맺게 된 영원한 비밀 같은 것. 받게 될 당사자는 영영 모를 가볍고 엉뚱한 목소리여서, 이런 글을 통해서나마 남겨두고 싶어지는 사랑 같은 것.

런던에서 머문 그 짧은 기간, 나에게는 한국에서부터 가져 온 그런 물건이 하나 더 있었다. 런던에서 만날 작가를 위해 한 달 전 인사동 골목을 오래 돌아다니며 고른 물건이었다. 실제로 본 적 없지만 약간은 엄격해 보이는 작가의 얼굴을 떠올리며 (인터넷에 떠돌아다니던 작가의 사진을 참고했다), 그보다 많이 작가의 문장들을, 뜨겁거나 냉소적인 성정을 지닌 작가의 소설 속 인물들을 떠올리면서 고른 물건, 집어들었다가 내려놓기를 몇 번 반복하다가 정확히 이것이다, 하고 결정한 물건이었다. 그러나 작가도 이것을 좋아할 지에 대한 긴장감은 여전히 있었다. 색이나 문양이 그의 취향이 아니면 어쩌지, 작가의 집 선반이나 책상에서 괜한 짐이 되는 것은 아닐까. 그럼에도 발끝에서부터 살아 움직이는, 설명할 수 없이 행복한 긴장감이었다. 준비를 마친 나는 캐리어에서 그것을 조심스레 꺼내 부엌으로 갖고 나왔다. 캐리어 속에서 깨지지는 않았는지, 포장지나 리본에 구김은 없는지 거듭 확인하면서.

오늘 작가를 함께 만날 친구들도 나처럼 그에게 줄 선물을 챙겨서 나온 것 같았다. 나를 포함한 친구 네 명은 모두 제17회 대산대학문학상 수상자들이었고, 대산문화재단에서 부상으로 이 작가와 직접 인터뷰할 기회를 주었다. 어쨌든 우리는 모두 일찍 일어나 부엌의 원목 원탁에 둘러앉아 있었는데, 아직 잠이 덜 깨서인지 우리 중 누구도 제대로 실감하지 못했다. 오늘이 줄리언 반스를 만나는 날이라는 걸. 마치 우리가 오래전에 그 작가를 이미 만났고 헤어졌고 그래서 그때의 여운으로, 이상한 피로감으로 아침을 허비하고 있는 것 같은 기분마저 들었다. 우리는 그와의 만남을 너무 많이 상상해 왔다. 차창 밖으로 검고 앙상한 가지가 보였고, 지나다니는 개나 사람은 아무도 없었고, 동이 완전히 트지 않아 거리 전체가 창백했다. 친구들과 나는 코트를 여민 채 반쯤 꿈꾸는 듯한 감각으로 현관을 나섰다.

따뜻한 분위기의 식당이나 카페, 가정집에서 그를 만나지는 못했다. 우리는 런던 번화가의 문학 에이전트 사무실에 도착했고, 사무적인 인상의 직원들 여럿을 지나쳐 안쪽 회의실로 안내받았다. 우리에게 주어진 시간은 단 한 시간이었다.

훈기도, 조금의 느슨함도 느껴지지 않는 그곳에서 우리들은 머릿속 이미지로만 여러 번 그려왔던 작가, 줄리언 반스를 기다렸고, 나는 사무실의 딱딱한 테이블과 회색빛 벽지, 곧 작가가 들어와 앉을 가운데 자리를 한참 바라보았다. 깍지 낀 손과 허리에 힘이 들어갔다.

이윽고 문이 열렸고, 겨울나무처럼 호리호리한 몸집에 엄청난 장신의 작가가 걸어 들어왔다. 우리는 모두 작가의 신체, 걸음걸이, 표정이 뿜어내는 부드러운 힘에 압도되어 숨을 멈추었다.

갑작스레 찾아든 겨울 그 자체 같은 사람. 상상했던 것보다 장난스럽고 따뜻한 작가의 눈은 호수를 떠다니는 얼음들처럼 푸르렀고, 머리칼은 내가 전에 한 번도 본 적 없는 아름다운 은빛으로 반짝였다. 책날개에 실린 사진이나 인터뷰 사진으로는 담아낼 수 없을 분위기. 오히려 그의 문장들을 투과해 추측해 나갔다면 가까이 닿을 수 있었을지 모를. 그는 이 런던 하늘을 가득 채우고 있는 겨울과 참 잘 어울리는 사람이었다. 마음을 얼어붙게 하는 평면적인 겨울이 아닌, 도리어 지금이 '다신 오지 않을 그런 고유한 겨울'임을 자각하게 해주는, 다른 감각들을 멋지게 지워버리는, 지연시키는, 날카롭고 상쾌한 추위 같은 사람.

작가는 문간에 부딪히지 않기 위해 고개를 잠깐 숙였다. 그는 여유로운 미소와 함께 테이블 가운데 자리에 앉았고, 회색빛이던 사무실 안이 갑자기 환해지는 것을 느꼈다. 눈이 잔뜩 쌓인 곳을 걷다 보면 모든 빛이 반사돼 눈이 부시듯. 작가는 겨울의 눈과 빛을 닮은 사람이기도 했다. 오묘한 겨울 빛을 온몸으로 받으며 그는 두 손을 편안하게 테이블 위에 올려두었다. 커다란 키와 마찬가지로 길고 가느다란 그의 손가락이 눈에 들어왔다.

반스의 작품과 작품 속 인물들, 글쓰기와 번역에 관한 많은 이야기를 나누었지만 가장 기억에 남는 이야기는 역시, 얼마 전이었던 반스의 생일 이야기다. 포토벨로 마켓에서 상인이 "밸런타인데이에 하고 다녀" 하며 귀걸이를 건네었던 순간과 마찬가지로 영양가는 별로 없는, 그러나 그 사람이 어떤 사람인지 무심결에 노출되는, 비밀스러운 중심을 지닌 이야기들. 어쩌면 작업 이야기나 작품의 주제에 관한 딱딱한 이야기보다, 작가를 거울처럼 더 잘 보여주는 이야기들. (이런 휘발성이 강한 이야기들을 더 붙잡고 싶어지는 이유는 아마도 반스가 '기억'을 섬세하게 다루는 작가이기 때문일까.) 우리는 첫 질문으로 반스에게 생일날 무엇을 했느냐고 물었고, 반스는 반은 냉소적으로 반은 장난스럽게 대답했다. 아침에는 신작을 작업했고, 동네 공원을 산책했다고. 저녁에는 오페라를 좋아해 공연을 봤는데 여태까지 본 것 중 최악이었다고.*

　그렇구나, 반스는 생일에도 흐트러짐 없이 자신의 일과를 지키려는, 몇십 년에 걸친 규칙이 신체에 부드럽게 새겨진 사람이었다. 공원을 산책하며 그런 규칙들을 자연에 한 겹씩 돌려주려는, 일상에서의 자유를 찾으려는 사람, 그리고 자기 취향이 아닌 공연에 대해 마치 친구에게 이야기하듯

* 이다은(정리), 「"내 소설의 장점은 시간을 모험적으로 다루는 것"—맨부커상 수상 영국 작가 줄리언 반스와의 대화」,《대산문화》제72호, 2019.

'별로였다'고 말하며 웃어버릴 수 있는 사람. 반스는 그런 사람이었다.

인터뷰가 끝나고, 나와 친구들은 한국에서부터 가져온 선물을 그에게 차례로 전달했다. 친구들이 어떤 선물을 가져왔었는지에 관해서는 이상하리만치 기억나지 않는다. 그가 내 선물을 꺼내고 포장을 풀고 그것을 천천히 들여다보던 순간을 온전히 기억하기 위해, 총량이 정해져 있을지 모를 '기억의 힘'을 다 써버렸기 때문일까.

그의 희고 기다란 손가락이 동양에서 온 작은 상자를 감쌌다. 그는 상자에 새겨진 무늬를 한참 들여다보았다. 내가 인사동 골목에서 오래 서성이며 골랐던 나전칠기였다. 보통의 나전칠기라면 여섯 개의 면이 전부 자개로 장식되어 있어 그 자체로만 두어도 화려하고 번쩍번쩍하지만, 내가 고른 것은 그보다는 소박한 디자인이었다. 어두운 나뭇결이 여섯 면을 감싸고 있는, 언뜻 보면 작은 관이나 예배당처럼 보기이도 하는. 그 상자의 윗면에만 슬쩍, 꼭 밤에 드는 빛처럼, 자개로 된 학이 새겨져 있었다.

줄리언 반스라면, 기억의 틈새와 틈새에서 비집고 나오는 힘을 믿고 그것을 끝끝내 탐구하려는 사람이라면, 아무래도 온통 영롱한 빛을 뿜는 상자보다는 무언가 가벼운 비밀이 새겨진 상자를 좋아할 것 같았다. 나중에 한국의 '나전칠기'를 검색해 보았을 때, 자신이 받은 상자가 일반적인 디자인의 상자가 아니라는 것을 알게 된 반스가 곰곰이, 마치 동네 공원을 산책하듯이 이 틈새들 사이에서 자유로워지길 바랐다. 왜 가장 화려한 것이 아니었나, 왜 이제 작가 생활을 시작한다고 하는 한국의 이 어린 작가가, 나를 위해 가장 알쏭달쏭하면서도 고상한 어둠을 골랐나, 그러니까 왜 곰곰이 들여다보아야 발견할 수 있을 빛을 골랐나. 밤과 낮이 오묘하게 뒤섞인 상자가 기억과는 어떤 관련이 있나…… 무수한 물음이 이어질 수 있을 것이다.

나는 반스가, 내가 당신을 위해 이것을 고른 이유에 관해 기뻐하며 생각해 보길 바랐다. 아무 일도 벌어질 수 없을 것 같은 런던의 차가운 사무실 안에서, 어슴푸레한 방식으로 중첩된 이날의 기억을 다시 펼쳐보기를 바랐다. 내가 포토벨로 마켓에서 상인의 무료하고 다정한 어투를 내내 마음에 두었듯, 반스의 생일 일과에 관한 답을 행복해하며 들었듯.

작가의 손가락이 나전칠기를 감싸 안았다. 상자에 비해 손가락이 길어 그의 손가락은 꼭 공중에서만 자라는 뿌리 같기도, 상자의 꿈꾸는 그림자 같기도, 상자의 내면에서 흘러나온 문장들 같기도 했다. 근사했다. 조형적으로 어색하기는 하지만 순간 나를 다른 곳으로 데려다주는, 그와 사물이 관계 맺는 방식이 참 아름답고 근사했다. 그가 따뜻한 시선으로 나전칠기를 관찰하는 동안, 이 순간이 그에게는 어떤 식으로 기억될지가 궁금해졌다. 그가 내 선물에 대해 어떤 말을 했는지에 관해서도 잘 기억나지는 않는다. 다만 그의 손가락, 아름다운 은빛 머리칼과 비슷한 빛의 창백한 손가락만이, 그것이 상자 위에 얹혀 있던 순간만이 인화된 사진처럼 남아 있다.

선물 전달을 끝으로 우리는 줄리언 반스와의 만남을 마쳤다. 런던 시내로 나오니 상쾌한 바람이 훅 끼쳐 들어왔다. 우리 중 누군가가 입을 열어 말했다. "내 평생 이렇게 멋진 할아버지는 처음이었어. 지금껏 만나봤던 할아버지 중에 제일 멋있어." 나와 나머지 친구들이 낮게 웃으며 "맞아, 정말 그래" 하고 발걸음을 옮겼다. 우리는 바로 근처 일식당에 가 점심을 먹었고, 벌써 휘발되려 하는 기억을 애써 붙잡으려 하지는 않으면서, 그래 몸피를 달리 하며 가벼이 움직이는, 우리와 작가 사이에 새겨진 기억 그 자체를 즐기

면서 아직 쌀쌀한 창밖을 바라보았다. 밸런타인데이까지는
사흘이 남아 있었다.

문장 노트

NOTE

기억하고 싶은 문장을 기록해 보세요.

결국 기억하게 되는 것은, 실제로 본 것과 언제나 똑같지는 않
은 법이다. (예감은 틀리지 않는다, 11쪽)

역사는 부정확한 기억이 불충분한 기록과 만나는 지점에서 빚어지는 확신이다. (예감은 틀리지 않는다, 104쪽)

우리는 살면서 좌충우돌하고, 대책 없이 삶과 맞닥뜨리면서 서서히 기억의 창고를 지어간다. (예감은 틀리지 않는다, 149~150쪽)

첫사랑은 삶을 영원히 정해버린다. 오랜 세월에 걸쳐 그래도 이 정도는 발견했다. 첫사랑은 그 뒤에 오는 사랑들보다 윗자리에 있지는 않을 수 있지만, 그 존재로 늘 뒤의 사랑들에 영향을 미친다. (연애의 기억, 139쪽)

_____

_____

_____

_____

_____

_____

_____

_____

_____

_____

_____

_____

가끔 자신에게 인생에 관한 질문을 던져보았다. 행복한 기억과 불행한 기억 가운데 어느 게 더 진실할까? 그는, 결국, 이 질문에는 답할 수 없다고 결론을 내렸다. (연애의 기억, 299쪽)

한 번도 사랑해 본 적이 없는 것보다는 사랑하고 잃어본 것이
낫다. (연애의 기억, 307쪽)

이제껏 함께한 적이 없었던 두 사람을 함께하게 해보라. 때로, 새로운 일이 벌어지면서 세상이 변하기도 한다. 나란히 함께 그 최초의 환희에 잠겨 몸이 떠오르는 그 최초의 가공할 감각을 만 끽할 때, 그들은 각각의 개체였을 때보다 더 위대하다. 함께할 때 그들은 더 멀리, 그리고 더 선명하게 본다. (사랑은 그렇게 끝나 지 않는다, 48쪽)

_____

_____

_____

_____

_____

_____

_____

_____

_____

_____

고통은 당신이 아직 잊지 않았음을 알려준다. 고통은 기억에 풍미를 더해준다. 고통은 사랑의 증거다. (사랑은 그렇게 끝나지 않는다, 164쪽)

우리 같은 사람들은 절망의 종교를 가져야만 한다. 사람이란 모름지기 자신의 운명을 감당해야 한다. 말하자면 자신의 운명처럼 무감해져야 하는 것이다. '그렇군! 그런 거군!' 하고 말함으로써, 그리고 발아래 놓인 검은 구덩이를 응시함으로써 사람은 평정심을 유지하는 법이다. (웃으면서 죽음을 이야기하는 방법, 57쪽)

몽테뉴는 죽음을 물리칠 수 없는 우리가 '죽음에 반격할 수 있는 가장 좋은 방법은 죽음에 대한 생각을 한시도 놓지 않는 것'이라고 믿었다. (웃으면서 죽음을 이야기하는 방법, 92쪽)

PANORAMA OF MEMORIES

다산책방에서 펴낸
줄리언 반스의 책

BOOKS

소설

예감은 틀리지 않는다

2011년 맨부커상 수상작이자
줄리언 반스의 대표작

시대의 소음

천재 음악가 쇼스타코비치,
인간의 용기와 비겁함에 관한 가장
강렬한 이야기

용감한 친구들 1, 2

줄리언 반스가 완성한
아서 코난 도일의 놀라운 일대기

연애의 기억

줄리언 반스가 쓴
단 하나의 연애소설

에세이

사랑은 그렇게 끝나지 않는다

아내의 죽음 이후,
줄리언 반스가 5년 만에 입을 연 작품

또 이따위 레시피라니

아마추어 요리사 줄리언 반스의
지적이고 위트 있는 음식 에세이

웃으면서 죽음을
이야기하는 방법

인간의 영원한 숙제,
죽음에 대한 유쾌한 통찰

줄리언 반스의
아주 사적인 미술 산책

소설가의 눈으로 파헤치고 재구성한
액자 너머의 생생한 예술 안내서

빨간 코트를 입은 남자

**프랑스 역사상 가장 자유로웠던
영혼 사뮈엘 포치에 관한
매혹적인 전기**

특별판

줄리언 반스 베스트 컬렉션: 기억의 파노라마

인생을 관통하는 다섯 가지 기억에 관한 이야기

줄리언 반스에게 쏟아진 찬사

∞

"줄리언 반스의 책을 읽는다는 것은 하나의 특권이다.
현존하는 그 어느 영국 작가도 그의 위트와 깊이를 따라오지 못한다.
겉으로는 고요함과 명확함을 유지하면서, 인간의 삶을 가장
고통스럽게 하는 혼란과 나약함을 일깨우는 작가다."

_타임스

"반스의 소설이 뛰어난 작품이 아니라고
주장할 수 있는 비판가는 없을 것이다."

_가디언

"나를 소설가로 만들어준 작가."

_김연수, 소설가

"줄리언 반스의 소설은 복잡한 구조의 갈피갈피에 우리의
깊은 곳에 감추어진 것들을 들추어내고 자극하고 환기하는 요소들을
잔뜩 쟁이고 있다. 자꾸 우리를 안으로 끌어들여, 우리 각각의
이야기를 자기 안에 통합해 내는 마력이 있다."

_정영목, 『연애의 기억』 번역자

"그의 작품을 읽는 것은 유럽의 역사와 문화와
예술과 철학을 오가는 심오한 여행이다."

_최세희, 『예감은 틀리지 않는다』 번역자

나는 그저 독자들이 내 책을
'기억'해 주는 것만으로도 충분하다.

_줄리언 반스

줄리언 반스 베스트 컬렉션
기억의 파노라마

인쇄 2023년 10월 11일
발행 2023년 10월 25일

지은이 김중혁, 송은혜, 정이현, 남궁인, 김연덕
엮은이 다산책방 편집부
펴낸이 김선식

경영총괄 김은영
콘텐츠사업본부장 임보윤
책임편집 박하빈 **디자인** 윤신혜 **책임마케터** 배한진
콘텐츠사업2팀장 김보람 **콘텐츠사업2팀** 박하빈, 이상화, 채윤지, 윤신혜
편집관리팀 조세현, 백설희 **저작권팀** 한승빈, 이슬, 윤제희
마케팅본부장 권장규 **마케팅3팀** 권오권, 배한진
미디어홍보본부장 정명찬 **영상디자인파트** 송현석, 박장미, 김은지, 이소영
브랜드관리팀 안지혜, 오수미, 문윤정, 이예주 **지식교양팀** 이수인, 염아라, 김혜원, 석찬미, 백지은
크리에이티브팀 임유나, 박지수, 변승주, 김화정, 장세진
뉴미디어팀 김민정, 이지은, 홍수경, 서가을 **재무관리팀** 하미선, 윤이경, 김재경, 이보람, 임혜정
인사총무팀 강미숙, 김혜진, 지석배, 황종원 **제작관리팀** 이소현, 최완규, 이지우, 김소영, 김진경, 박예찬
물류관리팀 김형기, 김선진, 한유현, 전태환, 전태연, 양문현, 최창우, 이민운

펴낸곳 다산북스 **출판등록** 2005년 12월 23일 제313-2005-00277호
주소 경기도 파주시 회동길 490
대표전화 02-702-1724 **팩스** 02-703-2219 **이메일** dasanbooks@dasanbooks.com
홈페이지 www.dasanbooks.com **블로그** blog.naver.com/dasan_books
종이 스마일몬스터 **인쇄·제본** 상지사피앤비 **코팅·후가공** 제이오엘앤피